句集

遠蔵王

熊沢れい子

文學の森

序

「きたごち」の皆から好かれている恂に人柄の良い熊沢れい子さんの句集ができた。誰もが祝福してくださるに違いないれい子さんの句集である。

標題の『遠蔵王』は、

天守より残雪光る遠蔵王

津波来し田に水張られ遠蔵王

の二句から採った。蔵王とは、宮城県の県央県南から西方に望む蔵王連峰のこと。主峰の熊野岳は標高一八四一メートル、宮城県側でも山形県側でも、温泉とスキー場と樹氷とで名が知られている。

右の二句の前の句は、白石城から不忘山を仰いだ景である。仙台から電車で一時間程の白石の城下町は、われわれが吟行でよく訪れる地である。後の津波の句はいうまでもなく平成二十三年三月十一日の東日本大震災の関連句である。海水を被った田の除塩が進み、一年後に田仕事が再開した喜びを詠んだ。この句集には三・一一以降の句が含まれているので、右の句のほかにも被災地で詠まれた震災句の見られるのが特徴の一つである。

花冷えや文学館になゐ騒ぎ
屋根瓦崩るる庭の犬ふぐり
春泥に野仏倒れ余震なほ
瓦礫積む狭庭の隅の黄水仙
屋上に津波の船や夕桜
津波跡の瓦礫の空に鯉幟
草茂る新幹線の雨曝し

かさかさと瓦礫にもぐる小蟹かな

横たはる鳥居を祀り宮相撲

バス停に破船傾き小浜菊

ボランティアのまろきテントや鰯雲

鳥帰る仮設店舗の土曜市

辛夷咲く地震に崩れし藩校に

地震の来た当日は、「きたごち」の月例吟行句会の一つの杜の会が台原森林公園を吟行して公園隣接の仙台文学館で句会をしていた日で、れい子さんは文学館の中で地震に遭った。各地で船舶が陸に打ち揚げられ、瓦礫の語が災禍を象徴する中で、新幹線が止まった場所に数箇月も放置されたままであった。そんな中で、犬ふぐりや黄水仙や辛夷などの植物の生命力に勇気づけられ、震災の一箇月程後に空に舞い始めた鯉幟に元気を貰った。

これらの句にも見られるように、れい子さんの句は気負いのない平明な写生句である。物をしっかり捉えて、物の持つ力や物同士の関わり合いに生じる働きに、感興を委ねる作風である。素直に対象と向き合う態度が、読み手の側に作者の心情を真っ直ぐ伝えてくれて気持が良い。

ところで、れい子さんは、昭和六年に宮城県の小野田村（後に小野田町、現在の加美町）に生まれ、父上の転勤で北海道室蘭に移ってそこで育った。終戦とともに父上の故郷の宮城県岩出山町（現在は大崎市）に転じて以後、宮城県内各地に住んだ。室蘭在住の小学校二年生の時に担任の先生から学校の教員になるよう勧められて以来、心に決めていた通りに、小学校教諭一級と養護学校教諭一級の資格を得て、長らく小学校と養護学校の教員を務めたという。

病む吾子に蝌蚪下げてきし参観日

の句は、その間の病院学級での経験によるもので、心打たれる。ほかにも、

下校の子小瓶の芒碑に供ふ

雪掻きて分校主任子等を待つ

点滴を終へし幼に雛あられ

など、県下の小学校や養護学校での体験から生まれたと思われる句が散見できる。「きたごち」の会員の中に、かつて熊沢先生に世話になったという男性がいて、やさしい熱心な先生だったとのこと、その温情と熱意は十分に想像できる。

そして停年を待たずに教員生活を辞されたが、それは主婦の身に憧れたからだという。主婦に徹するとは、御主人孝行をしたいということであろう。

柚子風呂に長湯の夫の黒田節

社会鍋寄進の夫に喇叭鳴る

夏料理利休箸もつ夫傘寿

など、御主人に関わる句も見られる。御主人は写真をよくなさると聞いたことがある。写真も俳句も瞬間を切り取る芸術であり、物や実景という対象を具体的に表現する。そのためには撮影行や吟行で外に出る機会が多くなる。れい子さんの句に旅吟が多く見られるのは、どうやらお二人で一緒に旅に出られる折が多いせいであろう。

夕映えの石狩川に馬冷す
逆さ富士の天辺に寄る浮寝鳥
夏まつり牛鬼に蹤く跳ね雀

のように、旅で得た佳句もたくさんある。海外にも折々足を伸ばされたようだが、この句集にはトルコの句がある。国内では、利尻、富良野の北海道から、知覧、球磨川の九州まで、その旅は全国に及ぶ。右に挙げた夏まつりの句にある牛鬼は、仙台藩と縁戚にある四国の宇和島藩の霊獣で、宇和島地方では今も祭礼の練り物に登場する。

写生句を大事に思う「きたごち」では、吟行句会をたくさん用意しているが、仙台の三つの月例吟行句会にはいつもれい子さんの姿が見られる。

赤文字の火薬の木箱春寒し

結界に湯気のあふるる大根焚

堂に小さき化け石観音笹子鳴く

の句は、私も同道した県内の吟行の際の収穫で、記憶も鮮明である。火薬の木箱は三本木の大豆坂《まめさか》地蔵へ出かけた折に句会場を借りた亜炭記念館で見た発破用の火薬箱である。当日このような物に着眼したのはこの一句だけで、感心した覚えがある。赤文字が良い。次の大根焚の句は、小牛田《こごた》の松景院で十一月下旬に行われる大根焚の行事に皆で出かけた折の作である。化け石観音は名取の館腰神社の脇宮の一つで、祠の中にはラグビーボール程の石が祀られている。俳枕として句の中にきちんと詠み込まれた県内の地名に、磊々峡、栗駒山、荒雄川、気仙沼、美豆の小島、天皇塚、沖の井ほかがある。

俳諧に由来する俳句は、また民衆の文芸でもある。義務教育の教職者は庶民の心を理解する者でなければならないが、れい子さんにはその俳諧的庶民性の句もいくつかある。

駄菓子屋の秤と並ぶ梅の鉢
雛市に大きなビラの千昌夫
短夜や野外映画に金語楼
尻高く夫婦離れて田草取
御開扉の金勢様へ初詣
リヤカーに祭り仕舞ひの幟旗

秤売りの品も置いてある駄菓子屋に盆梅の風情を見つけて感心した。雛市に貼られたどさ回り広告の千昌夫は岩手県の出身で東北地方では人気がある。夏の夜に校庭で見た映画の金語楼が懐かしかった。男根神への初詣も甚だ庶民的である。

佳句はまだまだたくさんある。

凍滝にクライミングの影ひとつ
寒中の川泳ぎ来る救助犬
向きかへて居久根を回る稲雀
山裾のピアノ教室桐の花
土器出でし官衙の跡の土筆かな
畦道を走るバイクに威し銃
地吹雪に目鼻消さるるこけし塔
大寒やリハビリ室のハワイの絵
閉ざさるる柩に兄の登山帽
地下鉄のひびく地上の蓬摘む

岩登り姿で凍滝に取り付いている人がいて驚嘆したり、寒の川を果敢に泳ぐ救助犬に感動したりして、句ができる。居久根を旋回する雀の群れの向きの変わる瞬間を捉え、また鄙の地に見つけたピアノ教室に端雅な桐の花を配して、句になる。歴史の土器と自然の土筆の配合や、バイクを狙ったかのような威し銃に、俳味が出た。こけしの里の広告塔を襲う地吹雪も、大寒の時期と常夏のハワイとのギャップも、良い俳趣である。兄の死を登山帽に凝縮させる手法や、地下鉄の上の蓬摘みという面白さも、巧みな俳句作りである。どの句も、感動や諧謔などの心情を物や物の取合せに託して突き放している点が、俳句として優れている。

昨日も、「きたごち」はなもも句会の吟行で、縛り地蔵、広瀬川河畔、阿部次郎記念館など、仙台市内の米ケ袋一帯を、ご一緒に歩いた。若い句仲間に負けずに元気に歩かれる姿を頼もしく思った。これからも、ご加餐専一に、連衆の中核になり続けていただきたいと切に願って止まない。

平成二十七年二月

柏原眠雨

句集　遠蔵王＊目次

装丁　杉山葉子

句集　遠蔵王

凍滝

平成九年〜十四年

掬ひ来し金魚に鉢の狭きかな

冬鷗砕氷船に群れて舞ふ

農園に鍬打つひびきはこべ草

飛行機の長く雲引く遅日かな

草葺きの農小屋に蛇とぐろ巻く

アスピーテラインのカーブ月見草

初紅葉磊々峡を塞ぎけり

河口湖逆さ富士待つ霜の朝

夕東風や潮騒とどく岬の碑

八重桜友と憩ひしお城山

草堂の音なき庭に揚羽蝶

ラムネ玉大き音たて泡こぼす

登山道親子でくぐる朱の鳥居

バスプールに待つさまざまな夏帽子

冷房のホールに手話の講座受く

暗天へ走る花火に声絶えず

瀬戸内の二百十日の凪の海

銀杏のにほふ歩道にヤクルトカー

島紅葉弁財天のだるま籤

凍滝にクライミングの影ひとつ

寒明けや田橇に堆肥積みて引く

宇宙より東風で帰還のエンデバー

茶どころの友より届く新茶かな

桐の花歩道に散りて香りけり

わくらばを踏み八幡の宝珠橋

地蔵岳の地蔵に群るる赤蜻蛉

稲光子等のテントを突き抜くる

下校の子小瓶の芒碑に供ふ

冬もみぢ磴百段に文士の碑

冬ざれの地下道にたつ托鉢僧

土佐犬の太き綱曳く冬帽子

日の暮れて校舎見据うる雪達磨

春寒し頰赤き児の一輪車

駄菓子屋の秤と並ぶ梅の鉢

屋上に包帯を干す四月かな

囀りや千躰堂に法話受く

引潮に鳥の足跡桜貝

野外市の投げ売りに買ふ春日傘

草葺きの小屋の崩れて桐の花

法窟に祀らるる古碑青葉風

タラップを降りて緑雨の潦

昆布干す遠き利尻の山淡し

横文字の錆濃き船や月見草

流灯のひとつ離れて消えにけり

コスモスにかこまれ農家レストラン

芒原先頭を行く霊柩車

救急のサイレンとほき虎落笛

師の句碑の彫りに巣籠もる冬の蜂

カレンダーに大吉とあり初句会

雪搔きて分校主任子等を待つ

カリヨンの鳴りて飛び立つ冬の雁

嬰児の伝ひ歩きや日脚伸ぶ

窓口に金縷梅匂ふ面会簿

遠足の許可に歓ぶ病の子

子の撫づる鳩の彫刻春日和

山間に氷室の跡や初音聞く

民宿の名入りの下駄や磯遊

鰺捌くそびらの棚に招き猫

じゃんけんで芝に散りゆく跣の子

昨夜の雨溜めて菖蒲の七分咲き

下校子の頬に日の丸梅雨晴間

木道に杖の鈴鳴るお花畑

水車小屋の米搗く音に萩こぼる

崖縁に危険の木札曼珠沙華

揚げ舟の立て掛けてある秋の湖

法窟にかぶさる竹の垂り雪

柚子風呂に長湯の夫の黒田節

稲雀

平成十五年〜十七年

なまはげの吠えて太鼓のあばれ撥

淑気満つ八幡宮の黒漆

和太鼓を打つ少女らの寒稽古

ダム湖畔植栽文字に今朝の雪

大寒の水より掬ふ絹豆腐

寒中の川泳ぎ来る救助犬

音楽碑にざわざわ過ぐる春北風

点滴を終へし幼に雛あられ

蘖や辻の祠に海苔むすび

寺町のたばこ屋に売る彼岸供花

白樺の花咲く富良野競走馬
仮名文字の名馬記念碑若葉風

夕映えの石狩川に馬冷す

梅雨湿り喪服の客の喫茶店

オートバイ畦に横たへ蛇苺

日蓮の像に涼しき川の風

刻告ぐる藻塩神事の揚げ花火

湖暗し乙女の像に天の川

向きかへて居久根を回る稲雀

摩尼車乾く音して杜鵑草

野天風呂へ小暗き径や十三夜

夕の膳囲む湯宿の目張りかな

革ブーツに羽箒かけて店開く

一湾に狼煙とどろく牡蠣まつり

牡蠣汁の湯気たちあがる炊飯車

宣教師の横文字の墓冴え返る

花楓兜太の句碑にこぼれけり

栗駒山に雪形の馬跳ねゐたり

風薫る欅並木にカフェテラス

塗り褪せしお櫃にうつす豆御飯

石鉢に清水溢るる女坂

裸子と四股踏む爺や九十九里

四阿の屋根に石載る浜涼し

バイクで来る土用鰻の馳走かな

奥の院しだるる萩にみくじ結ふ

重機立つビルの予定地泡立草

寺守の手押し車に菊香る

地獄絵を掲ぐる堂や隙間風

尻揃へ草食む羊冬木の芽

地吹雪にかすむ一輌電車かな

雪しづく三角屋根の券売機

快速の漫画電車に受験生

島は春時計の動く廃校舎

病む吾子に蝌蚪下げてきし参観日

蛇口から蛸足ホース苗木市

石庭の笑ふ羅漢に花の雨

横綱の像に潮吹く夏の海

夏の浜えんころ節の碑の新た

白河関《しらかわのせき》を越えきてところそば

めくり癖の歳時記開く白露かな

関守の婆の豆引く国境

朝風や木犀かをる礼拝堂

甃柿の色づく坂の家

精米所に蝗はねゐる耶蘇の里

敗荷や篠突く雨の神の池

松飾る狭き間口に陶狸

土筆

平成十八年〜二十年

掲示板に繭玉ゆるる無人駅

寒林に日章褪せし特攻機

廃校舎雪に埋もるる校歌の碑

地吹雪の工事現場に安全旗

こけし笑む知事公館の春障子

海東風や小さく潮吹く磯の貝

遠郭公朝日射し込むログハウス

登り窯の素焼きの甕に毛虫這ふ

野草園の柵はみだしぬ夏蕨

花菖蒲小流れに置く荒砥石

低空の遊覧飛行麦の秋

味噌部屋の藁天井に蛇の衣

しほさゐの岬の宿の庭花火

トルコの旅　三句

ターバンの衛兵二人夕西日

トルコパン売る少年の腕日焼
西瓜売るブレスレットの髭の爺

秋涼や乳鋲朽ちたる薬医門

蒼天や風車の丘の花芒

葉鶏頭縁にお針の地蔵の衣

菊日和騎乗の武者の新市長

空青し紅葉の丘に野点傘

廃坑の社宅の庭の花八手

棕櫚箒触れてころがる竜の玉

石蕗咲きて関守石の蕨縄

色足袋に木屑匂はせ干支を彫る

乾鮭を吊る店前に大漁旗

坂の町目疾地蔵に注連飾る

逆さ富士の天辺に寄る浮寝鳥

雪解風供花なき原田甲斐の墓

ゆるやかな城址の坂の野梅かな

ものの芽や水子地蔵に大きパン

雛市に大きなビラの千昌夫

地虫出づ谷風像の太き足

沼じりの芥に蝌蚪の動き出す

花辛夷に手を振っていく選挙カー

山裾のピアノ教室桐の花

薫風や厩舎にゆるる大会賞

短夜や野外映画に金語楼

畦に立つ無縁仏に豆御飯

瞑想の松に夏越しの月かかる

尼寺の夫婦地蔵にせみしぐれ

サングラス外し証明写真かな

横文字の絵馬に涼風杉薬師

母の名の流灯百に紛れけり

秋の蚊にさされて巡る蛸満寺

道の駅に鈴虫の鳴く喫茶店

ひと群れの椋の飛びたつ廃校舎

紅葉晴古墳の里に句碑生るる

初雪の触れては消ゆる谷風像

社会鍋寄進の夫に喇叭鳴る

園児乗るバスにサンタの運転手

ご神馬の黒枠の記事年惜しむ

青竹の裂けてどんとの火の盛る

大玻璃に雪吹き荒るる朝湯かな

荒雄川越えゆく気球木の芽風

富士霞むサーカス小屋の赤い屋根

木の芽晴ラマ舎を洗ふ長ホース

土器出でし官衙の跡の土筆かな

飛沫浴ぶる球磨川下り夏燕

六月の阿佐緒の里に歌謡ショー

茅葺きの電話ボックス鰯雲

畦道を走るバイクに威し銃

音たてて橡の実落つる休み茶屋

熊注意の札にころがる山の栗

早池峰山の水もて洗ふ土大根

黒枠の兄の福耳開戦日

田草取

平成二十一年〜二十三年

初音聞くスヰッチバックの操車場

梅ふふむ板倉屋根に九曜紋

窓口にシニアグラスと立雛

水温む庭に小さき道祖神

玄関にオランダ木沓雛の家

赤文字の火薬の木箱春寒し

タクシーのガイドの訛り百千鳥

天守より残雪光る遠蔵王

トタン葺きの長屋に匂ふ軒菖蒲

水飲場の濡れし苔より青蛙

かもめ画く校舎の壁や島涼し

月見草夜泣き地蔵を撫でゐたり

合歓咲くや閼伽桶棚に忘れ傘

日盛りの銀行街に人力車

繋船に夏布団干す気仙沼

鰯雲仔牛顔出す搬送車

牧に立つトーテムポール鳥渡る

山居倉庫にロケの一団けやき散る

大漁旗貼る牡蠣小屋に招き猫

結界に湯気のあふるる大根焚

冬ざれやラマ舎の前の喪中札

噎して紙飛行機を見失ふ

車座の園児の笑みに餅くばる

裏方の運ぶ炭団の猫車

松島の軒端の梅に船の笛

弓の句碑城址に坐り花万朶

城へ向く常長像や若葉風

三の丸の畑の籠に青蛙

本丸の井戸の跡とや八重むぐら

夏料理利休箸もつ夫傘寿

大杉の瘤にはりつく蟬の殻

月の浦

炎天や海を見つむる常長像

大師門前に広げて金魚売

秋桜バス誘導のホヰッスル

秋の潮魚の壁画の防波堤

大書院に藩主の具足庭紅葉

畑中次郎氏の句碑

東稲山や小菊盛りの次郎句碑

マスクして僧の語れる耶蘇のこと

堂に小さき化け石観音笹子鳴く

自在鉤の煤けし棹や薬喰

黒枠にしるき友の名山眠る

とをかぞへ婆と幼の柚子湯かな

青竹の泡を吹きたる飾り焚

地吹雪に目鼻消さるるこけし塔

大寒やリハビリ室のハワイの絵

鳶の輪や美豆の小島の深雪晴

文学館のランチメニューに木の芽和

花冷えや文学館になる騒ぎ

屋根瓦崩るる庭の犬ふぐり

春泥に野仏倒れ余震なほ

瓦礫積む狭庭の隅の黄水仙

屋上に津波の船や夕桜

花見客月光仮面の子の手引く

津波跡の瓦礫の空に鯉幟

草茂る新幹線の雨曝し

時差九時間機内で正し明易し

尻高く夫婦離れて田草取

閉ざさるる柩に兄の登山帽

仲見世に飴切る音や釣忍

風鈴の舌に芭蕉句だんご茶屋

かさかさと瓦礫にもぐる小蟹かな

横たはる鳥居を祀り宮相撲

恋の宮に国旗はためく敬老日

刑場跡の塔婆新し曼珠沙華

バス停に破船傾き小浜菊

潮錆びの御堂の宝珠新松子

ボランティアのまろきテントや鰯雲

切り売りの色よき冬至南瓜かな

初詣

平成二十四年〜二十六年

始まりは狩行の色紙初暦

一幅の忍の太文字具足餅

御開扉の金勢様へ初詣

松韻の知事公館の淑気かな

飾り窓に婚のドレスとシクラメン

鳥帰る仮設店舗の土曜市

絵馬を吊る八角堂に恋雀

仙台萩芽吹く烈婦の菩提寺に

開拓碑深き轍に雪解水

花はこべ一輪咲きて軍馬の碑

獅子頭収むる蔵に亀鳴けり

辛夷咲く地震に崩れし藩校に

初燕来る川の辺に訓導碑

せせらぎに朝の日眩し水芭蕉

表札に賢治とモリス燕の来

津波来し田に水張られ遠蔵王

四脚門に書道看板風薫る

リヤカーに祭り仕舞ひの幟旗

加美富士の一の鳥居や麦の秋

日焼の子女宮司に祓はるる

晩翠の母校の庭の松落葉

奉納の錨地に据ゑ蟬の穴

新涼や谷風像の力瘤

スカイツリー秋の川より立ち上がる

禰宜の沓揃ふ神殿鉦叩

産院にショパン流るる秋簾

萩咲くや水琴窟へ道しるべ

バスを待つ鳥打帽に赤い羽根

潮騒や湯宿の庭の新松子

母と打つ菰に弾くる新大豆

雪ばんば晩翠歌碑の細き文字

クルス彫るソテロの墓に帰り花

六地蔵の堂に供ふる千歳飴

雪囲してある村のレストラン

託児所の聖樹明りに滑り台

吊るさるる新巻鮭の化粧縄

薬屋の籤に当てたる紙懐炉

檻の鷲尿放ちて鳴き交はす

日の眩し蔵王の雲の春めけり

春雪に足形つけて駝鳥跳ぬ

宮城県美術館　二句

忠良の細き裸婦像雪椿

崖の柵に瀬音とどきぬ雪間草

駅前に歓迎こけし春の雁

角塚の夫婦の句碑にさへづれり

磊々峡の霜の名残の遊歩道

地下鉄のひびく地上の蓬摘む

千年の欅大樹に巣立鳥

夏まつりの野外広場に飛行船

色ペンで農事メモ書く芒種かな

大鷺の大きはばたき麦の秋

楠若葉金の梵字の五輪塔

介護士の甚平で押す車椅子

燕の子防犯灯に口開く

仙台市科学館　二句

日焼の児模型のヘリを操縦す

館涼し自動ピアノの円舞曲

梁に吊る蠅取リボン梨番屋

紙神輿自動扉に出番待つ

百選の甚兵衛松に秋の蟬

佐倉惣五郎の墓

香煙る父子の五輪つづれさせ

五大堂の宝珠にかかる小望月

ハングライダー馬鈴薯掘りを過りけり

夕月夜枝折戸押せば軽き音

喪の家の暗き納屋裏鉦叩

障子貼る二間つづきの晩翠居

蔵町に錆ぶる車井実南天

冬滝の小枝を伝ふ親子猿

落人の秘湯の宿の炉火赤し

初湯出て足裏ひやりと体重計

ベランダに蔵王の眩し寒の入

若爺の肩車よりゴム風船

眼鏡くもるハウスの中に蜂唸る

煉瓦窯にピザ焼く匂ひ夏近し

定義如来

天皇塚の屋根突き抜くる新樹かな

夏まつり牛鬼に蹤く跳ね雀

隠沼の木道の端に落し文

立葵半鐘前てふ停留所

蛍火や遠くに弾む姉の声

沖の井の石咬む松の新松子

手賀沼の小舟掠むる帰燕かな

島山の縛り地蔵に月見豆

秋桜バックで着きし送迎車

銀色の群れ鳩飛びて秋高し

照紅葉源蔵宿の古暖簾

錦木を九谷の壺に予約部屋

ＥＴＣ抜けて煽りぬ枯尾花

島日和新海苔匂ふ海難碑

炉明りの上がり框に杖二本

あとがき

　主婦業に憧れて、停年を待たずに五十八歳で教職を去りました。新鮮な気分でおりました翌年に、民生委員・児童委員のお声が掛り、主婦の仕事の傍ら七十歳までボランティアに精を出しました。その後はすっかり自由の身となり、各種の趣味を重ねるようになりました。平成九年には俳句結社「きたごち」に入会し、通信句会から柏原眠雨先生の御指導を賜わっておりますが、現在は俳句一筋に趣味を絞りました。

　八十路を過ぎた頃、柏原日出子先生に句集の出版をご相談したところ、喜んでくださいましたので、還暦が過ぎて二度めの干支を迎えた今年、八十四歳になる生きた証にと、未熟な句ながらも句集を纏めることに決めました。

本句集は、平成九年から二十六年までの俳誌「きたごち」に掲載された句の中から、三四四句を眠雨先生に選んでいただいたものです。

句集名『遠蔵王』は、集中の

天守より残雪光る遠蔵王

津波来し田に水張られ遠蔵王

から先生に命名していただきました。

平成十九年五月に、私共は仙台の北西部にある有料老人ホームへ入居しました。美しい緑に囲まれた泉パークタウンの一角に一際目立つ建物です。南向きの七階のベランダからは、高台に立つ仙台白衣大観音が目線にあり、眼下には田園風景が広がっています。街の夜景は異国を思わせます。南西には残雪の蔵王連峰が輝いて見えます。朝に夕にベランダへ出ては蔵王の姿を眺めています。

日の眩し蔵王の雲の春めけり

ベランダに蔵王の眩し寒の入

句集名の『遠蔵王』は私の生活そのもので、とても嬉しく思います。眠雨先生には御多忙のところ選句の労をお取りいただいたうえ、身にあまる序文まで賜わりましたこと、心より厚く御礼申し上げます。また日出子先生、佐々木潤子様には何かとお世話いただきましたこと心より感謝申し上げます。さらには「きたごち」のすばらしい諸先輩はじめ御親切な句友の皆様のおかげと感謝いたしております。これからも息のつづく限りこの道を進みます。

最後になりましたが、この句集の出版に際してお世話になりました「文學の森」の皆様に、厚く御礼申し上げます。

平成二十七年二月二十八日

熊沢れい子

著者略歴

熊沢れい子（くまざわ・れいこ）　本名　熊澤

昭和６年　宮城県生まれ
平成９年　「きたごち」入会、柏原眠雨に師事
平成21年　「きたごち」同人
平成25年　『四季吟詠句集27』に参加、俳人協会会員

現住所　〒981-3204
　　　　宮城県仙台市泉区寺岡 1-25-1
　　　　エバーグリーンシティ・寺岡 717

句集

遠《とほ》蔵《ざ》王《わう》

きたごち叢書第二十四輯

発　行　平成二十七年五月二十五日

著　者　熊沢れい子

発行者　大山基利

発行所　株式会社　文學の森

〒一六九-〇〇七五
東京都新宿区高田馬場二-一-二　田島ビル八階
tel 03-5292-9188　fax 03-5292-9199
e-mail mori@bungak.com
ホームページ http://www.bungak.com

印刷・製本　竹田　登

ISBN978-4-86438-422-3　C0092